Analyse de l'œuvre

Par Maria Puerto Gomez
et Marie-Sophie Wauquez

Peste & Choléra

de Patrick Deville

lePetitLittéraire.fr

Rendez-vous sur lepetitlitteraire.fr et découvrez :

Plus de 1200 analyses
Claires et synthétiques
Téléchargeables en 30 secondes
À imprimer chez soi

PATRICK DEVILLE

ÉCRIVAIN FRANÇAIS

- **Né en 1957 à Saint-Brévin-les-Pins (Loire-Atlantique)**
- **Quelques-unes de ses œuvres :**
  - *Pura vida* (2004), roman
  - *Kampuchéa* (2011), roman
  - *Viva* (2014), roman

Après avoir validé deux maitrises de littérature française et de littérature comparée, Patrick Deville obtient un CAPES (Certificat d'aptitude au professorat de l'enseignement du second degré) de philosophie et part enseigner à l'étranger. Il entreprend ainsi une série de voyages qui l'amènent au Moyen-Orient, en Afrique et en Amérique centrale.

Tout en poursuivant ses séjours internationaux, il s'investit dans l'organisation d'évènements littéraires, ainsi que dans la direction de la revue *Meet* (Maison des écrivains étrangers et des traducteurs de Saint-Nazaire [Loire-Atlantique]) et dans la création du Prix de la jeune littérature latino-américaine, en 1996.

Sa passion pour l'Amérique latine s'exprime également dans son œuvre, en particulier dans *Pura vida* et *La Tentation des armes à feu* (2006), qui constituent un tournant dans son écriture, loin de ses romans *Le Feu d'artifice* (1992), *La Femme parfaite* (1995) et *Ces deux-là* (2000), tous de facture minimaliste. Fasciné par les destins d'aventuriers, il écrit aussi *Equatoria* (2009), *Kampuchéa* et *Peste & Choléra* (2012).

PESTE & CHOLÉRA

UN VIBRANT HOMMAGE À UN CHERCHEUR OUBLIÉ

- **Genre :** roman
- **Édition de référence :** *Peste & Choléra*, Paris, Seuil, coll. « Fiction & Cie », 2012, 219 p.
- **1re édition :** 2012
- **Thématiques :** médecine, recherche scientifique, ambition, Indochine, exploration

Dans *Peste & Choléra*, le narrateur part sur les traces d'Alexandre Yersin (bactériologiste français d'origine suisse, 1863-1943), un des membres de la première équipe Pasteur(chimiste et biologiste français, 1822-1895) qui a découvert le bacille de la peste et inventé le vaccin contre cette maladie. Mais Yersin est plus qu'un génie scientifique : il est aussi marin, explorateur, cartographe, mécanicien, architecte, photographe, planteur de caoutchouc et de quinine ; il est surtout un homme aux connaissances encyclopédiques, désireux de tout savoir, quitte à renoncer à une carrière prometteuse au sein de l'Institut Pasteur.

Patrick Deville profite de la richesse de sa vie pour évoquer les troubles et les progrès qui émaillent la fin du XIXe siècle et le début du XXe siècle, évitant ainsi qu'ils tombent dans l'oubli. Il rend aussi hommage aux destins extraordinaires des hommes qui ont croisé la route de Yersin et contribué, à leur manière, au développement de l'humanité.

RÉSUMÉ

UNE DÉCOUVERTE DÉTERMINANTE

En 1894, l'Institut Pasteur mandate Alexandre Yersin à Hong Kong, afin qu'il y étudie les causes d'une épidémie de peste. Sur place, les scientifiques japonais, espérant tirer gloire et profit d'une éventuelle découverte, se chargent de toutes les autopsies. Yersin doit donc s'installer dans un laboratoire improvisé et acheter des cadavres, mais en analysant les bubons, il découvre le microbe – Kitasato Shibasaburo (médecin bactériologiste japonais, 1852-1931) essaiera plus tard de s'attribuer la découverte –, puis retourne à Nha Trang (Viêt Nam), son coin de paradis, loin du grand monde et des fastes qu'il aurait pu connaitre après une découverte d'une telle importance.

Yersin installe un modeste centre d'étude des épizooties animales en s'associant avec Pestas, un vétérinaire. Il reçoit la visite d'Hubert Lyautey (1854-1934), un militaire français critique vis-à-vis du système colonial et de l'affaire Dreyfus (scandale judiciaire et politique français, 1894-1906).

Il est encore envoyé à Madagascar pour étudier le microbe des fièvres bilieuses. Il regarde avec intérêt le latex et l'invention du pneu. Un an après, il est appelé à Paris pour s'occuper du bacille de la peste et inventer un vaccin. Il part ensuite à Nha Trang pour préparer le sérum en grande quantité.

Les Chinois semblent hostiles à la vaccination des malades atteints de la peste, et Yersin n'a pas encore prouvé l'innocuité du remède. Mais il l'inocule à un séminariste contaminé dans une mission catholique à Canton (Chine), et celui-ci guérit. Yersin se rend ensuite à Macao (Chine) pour continuer les vaccinations. Il rentre à Nha Trang pour produire le vaccin de la peste, mais les Anglais réclament son aide à Bombay (Inde).

LA NAISSANCE D'UN HOMME DE SCIENCES

Le père d'Alexandre Yersin meurt peu avant sa naissance d'une hémorragie cérébrale, tandis que sa mère, Fanny, s'installe à Morges (Suisse), où elle fonde une pension pour jeunes filles. De son enfance, Alexandre garde la passion de son père pour les insectes, le gout pour l'exploration des bois et un profond mépris pour la futilité des activités que sa mère enseigne – des activités artistiques, le maintien, la cuisine, etc. –, ainsi que pour les biens matériels. Il choisit d'étudier la médecine.

À 20 ans, il poursuit ses études en Allemagne. Assoiffé de connaissances, il quitte Marburg pour une meilleure formation, à Berlin. Il y découvre l'existence du missionnaire et voyageur britannique David Livingstone (1813-1873) – qui devient son modèle –, mais aussi les atrocités commises au cours des colonisations, l'antisémitisme et les ravages des maladies. Le narrateur se demande ce qu'aurait pu être la vie de Yersin s'il avait adhéré aux principes fascistes, s'il était resté à Marburg ou s'il s'était marié : dans tous les cas, il n'aurait pas pu vivre l'existence dont il avait rêvé.

À Paris, le chimiste et biologiste Louis Pasteur met au point la vaccination antirabique (contre la rage). Yersin intègre son groupe grâce au médecin Émile Roux (1853-1933). Il fait une thèse sur la diphtérie et la tuberculose, découvre la « tuberculose type Yersin » et lit des récits d'explorateurs.

Parti étudier les microbes dans le Calvados, Yersin voit la mer pour la première fois et veut partir, quitte à renoncer à sa carrière scientifique. En 1889, à Paris, lors de l'Exposition universelle, l'Institut Pasteur organise des conférences pour des médecins venus du monde entier. Mais Yersin, peu enclin à la célébrité, rêve de la mer.

NHA TRANG

Cinq ans plus tard, après s'être intéressé à d'autres domaines (la dermatologie, l'ophtalmologie et la petite chirurgie), Yersin décide de partir pour l'Asie. En tant que médecin, il embarque à Marseille sur un paquebot de la Compagnie des messageries maritimes qui fait route vers l'Extrême-Orient. En 1940, c'est de la même ville qu'il partira à destination de Nha Trang, une ville qu'il ne quittera plus.

Yersin observe les paysages et les iles perdues ; il étudie l'anglais. Affecté comme marin à la ligne Saigon-Manille, entre le Viêt Nam et les Philippines, et poussant ses explorations de plus en plus loin par voie terrestre ou fluviale, il rédige les premiers récits de ses aventures. Il est confronté à des tribus locales : les Moïs et les Sedangs.

Yersin rencontre Albert Calmette (1863-1933), ancien marin et militaire, membre des pasteuriens installés à Saigon pour y créer un Institut Pasteur. Alors qu'il est muté sur la ligne

Haiphong (Viêt Nam)-Saigon, son ami le capitaine Flotte
l'incite à se consacrer à la cartographie et à l'exploration : il
accepte que le scientifique s'installe à Nha Trang.

YERSIN, AVENTURIER ET EXPLORATEUR

Une fois là-bas, Yersin soigne les pauvres et, tel Livingstone,
devient explorateur : il se lance dans des expéditions dans la
jungle, entouré d'insectes, dans des territoires sans noms,
retrouvant le gout de la liberté. Ainsi, Yersin et Pasteur par-
tagent leur attirance pour l'exploration et une vie pleine de
voyages, mais Yersin n'aura jamais la notoriété de ce dernier,
Pasteur ayant tiré avantage de son gout pour la politique.

Le fantôme du futur qui suit les traces de Yersin remarque
des similitudes entre la vie de ce dernier et celle du poète
Arthur Rimbaud (1854-1891) ; il s'interroge sur le caractère
romanesque et ridicule du destin des hommes. L'écrivain
Louis-Ferdinand Destouches (1894-1961), connu sous le nom
de Céline, présente lui aussi de multiples points communs
avec Yersin : des études de médecine, un passage à l'Institut
Pasteur, l'envie de liberté et d'exploration. Le narrateur rend
aussi hommage à Joseph Meister (1876-1940) : concierge de
l'Institut Pasteur, premier homme à avoir été guéri de la
rage, il aurait défendu l'entrée de l'Institut aux nazis, puis se
serait suicidé après que les soldats ont finalement pénétré
dans la crypte.

Après trois mois de marche, Yersin atteint le fleuve Mékong
pour la première fois par la terre, mais il se tient à l'écart
des mondanités. Renonçant à travailler avec de grands
explorateurs, il cherche un soutien financier auprès de la

Compagnie des messageries maritimes. Pendant deux ans, il repart en expédition à travers la cordillère annamitique, afin d'y repérer des lieux propices à l'élevage et d'inventorier les richesses forestières et minérales. Il découvre le plateau du Lang Bian et se lie d'amitié avec Paul Doumer (homme d'État français, 1857-1932), le nouveau gouverneur général de l'Indochine.

Yersin dirige lui-même son opération pour extraire la lance qui l'a transpercé alors qu'il poursuivait des pirates ayant pillé un village moïs. Une fois guéri, il organise une expédition visant à ouvrir un autre chemin entre le Tonkin et le Laos.

DE NOUVEAUX PROGRÈS

Yersin construit un institut et se met à rédiger ses souvenirs d'exploration. Il acquiert des notions d'architecture, d'électricité et de mécanique, achète sa première voiture à vapeur et crée, avec Roux et Calmette, une société pour développer ses recherches sur le labourage et le pâturage. Il invente également une boisson appelée le Kola-Cannelle qui aurait pu le rendre millionnaire. N'ayant pas déposé de brevet pour son vaccin contre la peste, c'est la fabrication du sérum pour la peste bovine qui lui permet de subvenir à ses besoins.

Yersin se retrouve à la tête d'un nouveau complexe sanitaire, mais, deux ans plus tard, il démissionne et rend visite à sa sœur, Émilie, en France : leur mère vient de mourir. Alors que les pasteuriens reçoivent des prix Nobel, Yersin et Émilie, devenue avicultrice, tentent d'améliorer la production des poules.

Revenu à Nha Trang, Yersin mène une vie paisible, entre inventions et développement du village. Il incite des chasseurs à devenir agriculteurs et leur fournit des terrains défrichés. Loin de se soucier des ragots le concernant, Yersin travaille sur le chantier de la ligne de chemin de fer qui reliera Nha Trang et Phang Rang (Viêt Nam), tout en continuant ses recherches. Avide de progrès et gagnant de l'argent grâce à sa plantation de caoutchouc, il s'intéresse aux avions, mais les juge encore très dangereux.

Yersin continue d'acclimater en Indochine des végétaux importés d'Europe, tandis que la guerre et les épidémies continuent de faire des ravages. Il s'associe avec Albert Lambert pour cultiver l'arbre du quinquina et étendre les plantations ainsi que les élevages. Il devient le premier planteur d'hévéa à Annam (Viêt Nam) et invente, en association avec l'agronome Vernet, un appareil pour mesurer la densité du latex.

Alors que la France est en guerre, Yersin découvre la colline du Hon Ba (Viêt Nam), y fait construire un chalet et se consacre à ses nouvelles passions : la botanique, les orchidées et les oiseaux exotiques.

OBSERVER LES MARÉES

À Paris, après la guerre, Yersin va voir ses proches et retourne à l'Institut Pasteur, où il reçoit la médaille de la Société de géographie commerciale, en rien comparable avec les diverses récompenses de ses amis pasteuriens. De retour à Nha Trang, il se consacre à la météorologie, installe un réseau de télégraphie sans fil de Nha Trang à Suôi Giao

(Viêt Nam) et Hon Ba, et construit une route en lacets de
30 kilomètres.

L'isolement volontaire du bactériologiste s'accentue encore
lorsqu'il perd Lambert, son ami Doumer et sa sœur Émilie.
À la mort de Roux et Calmette, Yersin est nommé directeur
honoraire de la maison-mère. Il prépare son testament afin
de tout léguer à l'Institut Pasteur d'Indochine, attribue des
pensions à ses serviteurs annamites et donne des consignes
pour son inhumation. Par ailleurs, il répond aux questions
de ses biographes.

Yersin observe les marées et attend la mort, tandis qu'en
Europe et en Asie la guerre continue, de même que la course
pour construire l'arme nucléaire. Alors que le fantôme du
futur visite Nha Trang, devenue une station balnéaire, il
apparait que si Yersin et d'autres aventuriers ont changé
le monde et risqué leur vie pour en sauver des milliers en
mettant fin à diverses maladies (lèpre, typhoïde, paludisme,
tuberculose, choléra, peste), beaucoup d'entre eux ont été
oubliés.

ÉTUDES DES PERSONNAGES

ALEXANDRE YERSIN

Alexandre Yersin hérite sa passion pour les sciences de son père, un passionné d'entomologie (étude des insectes). Doté d'un esprit pragmatique et empirique, ce génie autodidacte passe son enfance à explorer les bois avoisinants et à construire des cerfs-volants, faisant déjà preuve de ce gout prononcé pour la liberté qui l'accompagnera tout au long de sa vie.

Son penchant pour l'absence de contraintes l'amènera non seulement à sortir des laboratoires de l'Institut Pasteur pour parcourir le monde, mais aussi à renoncer à la gloire pour vivre selon ses envies, loin de la routine, s'érigeant en « démiurge d'un rêve éveillé qu'il réalise » (p. 137).

S'il est le premier à isoler le bacille de la peste, s'il est aussi un éminent scientifique particulièrement altruiste – il « considère la médecine comme un sacerdoce » (p. 71) et, selon lui, « demander de l'argent pour soigner un malade, c'est un peu lui dire la bourse ou la vie » (*ibid.*) – Yersin est surtout « un touche-à-tout, un spécialiste de l'agronomie tropicale et un bactériologiste, un ethnologue et un photographe » (p. 184) ; il est aussi un marin et explorateur.

Sa soif insatiable de savoirs le pousse à accumuler des connaissances dans le champ des mathématiques et de l'astronomie, à étudier la géodésie (science de la forme et des dimensions de la Terre), l'architecture, l'électricité, la mécanique, les épizooties animales, les marées, l'aviculture, la botanique, les orchidées ou encore les oiseaux exotiques. Néanmoins, il « s'ennuie vite » (p. 70) de tout.

Cette curiosité encyclopédique se traduit aussi par le fait que « toute sa vie, Yersin choisira ce qu'il y a de nouveau et d'absolument moderne » (p. 22). Ainsi, il n'hésite pas à s'acheter la bicyclette à chaine et pignons d'Armand Peugeot (1849-1915), une Serpollet (marque d'automobile) ou un appareil photo. Il s'intéresse aussi au télégraphe et à tout engin susceptible d'améliorer la productivité ou de faire avancer la société : « La nouvelle mission qu'il s'attribue est celle du suprême savant, du multiplicateur de progrès. » (p. 137)

C'est aussi dans ce but qu'il emploie son génie dans la création d'un élevage et dans la préparation du sérum contre la peste, qu'il devient planteur de caoutchouc puis de quinine, et qu'il participe au développement de Nha Trang, en s'investissant notamment dans la construction d'une ligne de chemin fer et d'un télégraphe. Alexandre Yersin est le vecteur de grands progrès au Viêt Nam.

Pour mener sa vie comme il l'entend, « il choisit la belle solitude propice à la recherche poétique et scientifique » (p. 135). Son discours technique, sa timidité, « son intransigeance et son humeur ombrageuse » (p. 93) unis à sa « franchise abrupte » (p. 14) le font s'éloigner du monde et entrer en conflit avec d'autres médecins. La création d'une légende noire à son égard sera d'ailleurs le prix à payer pour vivre loin des polémiques et des troubles politiques ; loin de la presse aussi, du cosmopolitisme et des hautes sphères, car

« le beau monde lui fait horreur » (p. 34). En effet, certains pensent l'homme devenu « roi fou d'une peuplade abrutie sur laquelle il se livre à des expérimentations cruelles » (p. 154), un homme « marchant sur sa barbe d'ermite » (*ibid.*).

Yersin est finalement un homme oublié qui est parvenu à faire de sa vie « une belle et harmonieuse composition » (p. 140), demeurant en paix et profitant de l'existence dans un cadre exceptionnel.

UNE FOULE DE PERSONNAGES SECONDAIRES

Le roman est peuplé de personnages dont le narrateur esquisse les contours dans le but de brosser le portrait le plus fidèle possible de Yersin, de mieux expliquer ou mettre en relief les multiples facettes de sa vie, ainsi que ses traits de caractère. Patrick Deville met ainsi la personnalité de Yersin en parallèle avec :

- Louis Pasteur : « Les deux hommes s'appréciaient, des hommes durs et probes, taiseux, aux yeux bleus de neige et de glace » (p. 30) ;
- Pierre Loti (écrivain français, 1850-1923) : « Ces deux-là ont en commun la solitude depuis l'enfance. Les familles modestes et honnêtes de la province, le strict protestantisme, les pères absents. Ces garçons grandissent au milieu des femmes. Ils en conçoivent une misogynie latente et une sexualité indécise, le rêve de courir les mers et les océans » (p. 33) ;
- l'écrivain Céline, qui partage avec Yersin l'amour pour « la

liberté sauvage » (p. 194) ;

- Arthur Rimbaud, le poète, évoqué de façon récurrente, qui constitue une sorte de miroir du scientifique : Rimbaud abandonne la poésie pour découvrir d'autres horizons en Abyssinie (Afrique), là où Yersin abandonne la science pour devenir explorateur en Asie. Tous les deux s'écartent des sentiers battus pour explorer, « ouvrir des routes, creuser des chemins dans l'inconnu sinon vers Dieu ou vers soi-même » (p. 76). De plus, cette comparaison est aussi perceptible à travers le langage utilisé par Yersin, qui est, pour le narrateur, de la « poésie utile » (p. 78). Comme Leonardo Sciasca (1821-1989), romancier, essayiste, et homme politique italien en fait le constat, « la science comme la poésie, se trouve, on le sait, à un pas de la folie » (p. 90).

Mais ce livre est aussi l'occasion de rendre hommage à des hommes tombés, comme le héros, dans l'oubli :

- Louis Thuillier (physicien et biologiste français, 1856-1883), qui a succombé au choléra, Pesas (vétérinaire militaire), mort d'un accident de laboratoire, ou Vinh Tham, décédé de la peste comme tant d'autres, trois hommes qui ont péri en cherchant à faire avancer la recherche ;
- le capitaine Flotte, un homme essentiel dans la vie de Yersin, car il l'encourage à aller vers la cartographie et l'exploration en enfreignant le règlement (p. 67) ;
- Joseph Meister, concierge de l'Institut Pasteur, premier homme à avoir été guéri de la rage ;
- son ami Serpollet (industriel français, 1858-1907), « le bricoleur de génie, le détenteur du premier permis de

conduire français et sans doute mondial, le premier producteur industriel d'automobiles » (p. 156) ;
- Jean Jaurès (homme politique français, 1859-1914), Paul Doumer et Gaston Calmette (journaliste français, 1858-1914), assassinés pour des raisons politiques, etc.

Évoquer toutes ces personnalités est aussi un moyen pour le romancier d'être honnête envers cet homme qui a toujours refusé d'écrire sa biographie : « Il n'écrira pas ses mémoires. Ce livre ne lui plairait pas. De quoi je me mêle. » (p. 214) En effet, Yersin aurait mille fois préféré faire le récit de l'existence de tous ceux qui, oubliés ou pas, ont contribué à leur manière à l'avancée des sciences, par leur courage, leur génie, leur chance ou le sacrifice de leur vie : « C'est la chaine sans doute qu'il faudrait écrire plutôt que les maillons. Une chaine d'un siècle et demi de long. » (*ibid.*)

Enfin, en marge des personnages, citons cet autre narrateur qu'est le fantôme du futur, qui suit les traces de Yersin et dans lequel s'incarne Deville. Il lui permet de jouer avec le temps, de se promener à loisir dans la vie du scientifique, comme s'il s'agissait d'un film qu'il peut interrompre, accélérer ou revoir. Par exemple, lorsqu'il détaille l'une des explorations, il suspend le récit de la façon suivante : « Arrêt sur image. Détaillons les matériaux qu'il porte sur son corps [...]. » (p. 84) Avant de reprendre la narration : « Play. » (*ibid.*)

CLÉS DE LECTURE

RATTRAPÉ PAR L'HISTOIRE

Au cours des 85 années d'existence de Yersin, le monde change et connait des temps troubles, surtout avec l'arrivée du XXe siècle qui, de tous, « sera le pire, celui des barbaries infinies après celui des rêves d'un progrès infini » (p. 138). Mais le scientifique n'a jamais cherché à faire partie de l'Histoire ; il n'a pas non plus cherché la notoriété et s'est tenu à l'écart de la politique. D'ailleurs, pendant les deux guerres mondiales, contrairement aux autres pasteuriens, il n'a pas pris part aux combats, comme il aurait pu le faire en tant que médecin : il est ainsi resté en Asie, préférant demeurer à l'écart de la civilisation européenne.

L'histoire d'Alexandre Yersin ne peut cependant pas être dissociée de celle du monde, qu'il a d'ailleurs largement contribué à changer ; en outre, il a participé au progrès en combattant les grandes épidémies, car « aucune guerre encore n'a jamais causé une telle hécatombe » (p. 20) que celle provoquée par la peste. Les évènements marquants de l'Histoire constituent donc un cadre, une toile de fond, influençant parfois le cours de sa vie. Sont notamment évoqués :

- le congrès des Nations à Berlin (1885), qui avait pour objectif de régler pacifiquement les litiges relatifs aux conquêtes coloniales en Afrique et a permis, par le biais de la presse, de relater et de faire connaitre la vie de grands explorateurs. C'est ainsi que Yersin commence à nourrir une admiration certaine pour les expéditions et les découvertes ;

- la révolution industrielle. En 1889, Yersin se trouve à Paris et participe aux cours organisés par l'Institut Pasteur pour fêter l'Exposition universelle et le centenaire de la Révolution française (1789). Il assiste aussi à la construction de la tour Eiffel et s'intéresse vivement à la galerie des Machines, car « tout cela le captive autant que la médecine » (p. 38) ;
- la révolution scientifique, à une époque où les doutes et les remises en question, qui avaient déjà commencé avec Darwin (naturaliste britannique, 1809-1882), continuent avec Pasteur et sa découverte des microbes, car « l'origine des espèces et l'évolution biologique jusqu'à l'homme contredisent les textes sacrés » (p. 25) ;
- l'affaire Dreyfus, qui divise la société française et reste l'une des plus grandes erreurs judiciaires de l'Histoire. La question de l'innocence ou de la culpabilité du capitaine juif Alfred Dreyfus (1859-1935), accusé d'avoir livré des documents concernant la défense nationale à l'Empire allemand met en évidence l'antisémitisme et l'antigermanisme qui gangrènent la société française ;
- le contexte politique, notamment avec les visées coloniales des empires, qui n'hésitent pas à déclarer la guerre pour s'attacher de nouvelles terres, les deux guerres mondiales ou la révolution russe (1917) ;
- les épidémies, qui n'ont fait qu'augmenter la détresse des populations et viennent jalonner tout le récit, etc.

Par ailleurs, les incursions de personnages réels ayant marqué l'époque ont également pour but de dépeindre le contexte historique et ses richesses : on voit ainsi intervenir Antoine de Saint-Exupéry (aviateur et écrivain français, 1900-1944), Gustave Eiffel (ingénieur et constructeur français, 1832-1923), Gustave Flaubert (romancier français, 1821-1880), Pierre Savorgnan de Brazza (explorateur et administrateur français, 1852-1905), Auguste Pavie (explorateur français, 1847-1925), Rudyard Kipling (écrivain britannique, 1865-1936), Alfred Nobel (chimiste suédois, 1833-1896), John Boyd Dunlop (vétérinaire et inventeur écossais, 1840-1921) ou encore Blaise Cendrars (écrivain français d'origine suisse, 1887-1961).

REGARDS SUR LE MONDE

Patrick Deville ne se contente pas de parcourir l'histoire de cette période comprise entre 1863 et 1943, dates de naissance et de mort de Yersin : il propose aussi une réflexion à la fois sur le monde d'hier et sur celui d'aujourd'hui, ainsi que sur leurs dérives.

Ressentiment à l'égard d'un monde violent

Pour ce faire, il opère d'abord à travers Yersin, qui émet des commentaires sur l'univers qui l'entoure.

- Témoin des injustices en Allemagne, le protagoniste évoque les « violences antisémites, les vitrines brisées, les coups de poing » (p. 19) qui auront leur pendant à Paris : « J'ai assisté à une violente dispute entre les ouvrières et un individu d'origine allemande, je crois, qui avait eu le malheur de parler sa langue natale, il a été presque assommé. » (p. 22)

- Comme Rimbaud, Yersin constate la violence et les abus vis-à-vis des plus démunis à cause des visées territoriales des grandes puissances : « Que sont venus faire les Français en Indochine, sinon voler les Annamites ? » (p. 75)
- La guerre n'est pour lui qu'une conséquence de « cette saleté de la politique », une expression récurrente dans le récit (p. 85, p. 96, p. 114). Il considère d'ailleurs que « la guerre est à la politique ce que la fornication est à l'amour » (p. 132).

Les remarques de Yersin montrent son dégout pour la violence et expliquent les raisons pour lesquelles il cherche à vivre dans un paradis terrestre, loin des règles et des obligations sociales.

Réflexions sur le monde contemporain

D'autre part, l'auteur se sert d'un narrateur contemporain pour réfléchir sur le monde de manière plus générale et sur des sujets parfois très actuels eux aussi.

- Lorsque Pasteur et ses collègues découvrent les microbes et se rendent compte que rien ne nait de rien, le narrateur se demande : « Comment pourraient-ils imaginer qu'un siècle et demi plus tard la moitié de la population de la planète défendra toujours le créationnisme ? » (p. 25)
- Il montre aussi la façon dont le peuple dit civilisé impose ses coutumes et ses rites, aussi factices que ceux des indigènes, invitant à une remise en question de la civilisation occidentale : « Le père sort les crucifix et les encensoirs, dit la messe, marmonne et lève les bras vers son dieu qui

semble se tenir non loin de la Polaire. C'est la première fois que les Sedangs rencontrent de plus sauvages qu'eux et assistent à leurs rites impayables. Ils se marrent et se frappent les cuisses. Les sorciers, à l'écart, font la gueule, ils ne manqueront pas à l'avenir d'intégrer quelques variantes du show dans leurs cérémonies. » (p. 97)

- Le narrateur met également en évidence l'injustice de l'Histoire qui exalte certaines vies au détriment des autres : « Ne pas avoir découvert le bacille de la peste le condamnerait à mourir explorateur inconnu parmi les milliers d'explorateurs inconnus. Il suffit d'une piqûre au bout du doigt comme dans les contes de fées. Mais c'est toujours ainsi, la vie romanesque et ridicule des hommes. Qu'on soigne la peste ou meure de la gangrène. » (p. 92) C'est pour cela que l'auteur ne se contente pas de raconter uniquement la vie de Yersin, mais qu'il met aussi en lumière celle de personnes oubliées, ayant tout de même contribué à l'avancement de l'humanité.

- De plus, il jette un regard désabusé sur la société, le progrès et les avancées techniques, généralement aussitôt rattrapés et salis par les ambitions politiques. Il évoque notamment l'époque où le monde, cette « citrouille [...] devenue melon puis mandarine » (p. 62) grâce à l'amélioration des moyens de transport, observe le développement de l'aviation, cette « merveilleuse invention qui permet de réduire les distances et de bombarder les populations » (p. 44). Le narrateur dénonce aussi la mainmise du IIIe Reich sur les génies : « Où serait aujourd'hui cet homme de soixante-dix-sept ans détenteur d'un passeport du Reich ? On sait que souvent les génies se laissent abuser. Nous connaissons leur naïveté. Ceux-là ne feraient pas de mal à une mouche [mais] inventent, pour le seul plaisir de résoudre une énigme, des armes de destruction massive. » (p. 28) Il en va de même pour les États-Unis, entre autres : « Déjà des physiciens enfermés à Los Alamos inventent les armes atomiques. Partout les découvertes des pasteuriens servent à fabriquer des armes bactériologiques. » (p. 132)

LE GOUT POUR L'EXPLORATION ET LA LIBERTÉ SAUVAGE

À la fin du XIXe siècle et au début du XXe siècle, « on est encore à cette époque où l'homme finit de se rendre maître et possesseur de la nature [où] la nature n'est pas encore une vieillarde fragile qu'il faut protéger, mais un redoutable ennemi qu'il faut vaincre » (p. 83). Une bonne partie des territoires n'est pas encore explorée et, en Asie, comme en Afrique ou en Amérique, il reste encore des routes à tracer, de nouveaux espaces à conquérir et des espèces animales et végétales à inventorier.

Les voyages d'exploration scientifique, considérés comme des exploits, se développent alors en Europe grâce aux grandes découvertes et aux innovations techniques – telles que l'octant, le chronomètre ou le télescope –, dans le but de maitriser le monde. Il se développe également un intérêt pour les peuples et les territoires d'Afrique, d'Asie, d'Amérique et d'Océanie à des fins politiques et commerciales.

Ainsi tout le récit est-il parsemé de noms incontournables

comme ceux de Pavie, explorateur du Laos, Brazza, explorateur du Congo, Livingstone, missionnaire et voyageur britannique – modèle de Yersin – ou encore La Condamine (géodésien et naturaliste français, 1701-1774), avec qui le héros partage non seulement son gout pour les expéditions, mais aussi son intérêt pour le quinquina et le caoutchouc, découverts lors de ses voyages. L'exploration, pour Yersin, présuppose un idéal, par exemple celui d'« un monde d'hommes fraternel » (p. 33).

Yersin décrit avec précision la géographie des territoires : « Mes longitudes dépendent de la marche plus ou moins régulière de mon chronomètre [...] et je l'ai trouvée assez constante pour pouvoir garantir mes longitudes à 4" près. » (p. 78) Et s'il se livre fréquemment à un discours scientifique, voire parfois hermétique, cela ne l'empêche pas d'écrire à Fanny de façon plus romanesque le récit de ses expéditions : « On avance sous un dôme de verdure, ajoute à cela la lumière de la lune, le silence de la nuit, les petites pirogues des pêcheurs tapies dans les recoins obscurs de la rivière. » (p. 53)

D'un territoire à l'autre, c'est le calme et la liberté qui l'attirent, cette « sorte de liberté sauvage dont on jouit » (p. 194) ; une liberté déjà rencontrée pendant l'enfance et qui « ne peut être comprise en Europe où tout est si réglé par la civilisation » (*ibid.*).

UN ROMAN QUI DÉFIE LES GENRES

À l'image de Yersin, qui s'intéressait à tous les domaines du savoir, le roman de Patrick Deville est à mi-chemin entre le récit d'aventures, le roman historique et la biographie. Il présente en effet certains aspects du roman d'aventures, puisqu'il décrit des explorations scientifiques, des découvertes, des épopées et des voyages réalisés par « des hommes jeunes et courageux qui bouclent leurs malles d'éprouvettes, d'autoclaves et de microscopes, sautent dans des trains et des navires et bondissent sur les épidémies [...] ». « En quelques années, les fléaux comme les monstres homériques sont terrassés l'un après l'autre, la lèpre, la typhoïde, le paludisme... » (p. 212-213)

Cependant, il faut rappeler que l'appellation « roman d'aventures » s'applique habituellement à un récit dont l'intérêt principal est le suspense, avec une multiplication de péripéties extraordinaires et parfois irréalistes. Or, ici, l'histoire reste très proche des évènements réels et n'a d'autre intention que de brosser le portrait le plus fidèle possible de Yersin.

L'œuvre peut alors plus vraisemblablement être rapprochée du genre du roman historique, qui, contrairement au roman d'aventures, a pour toile de fond un épisode réel ou une époque de l'Histoire à laquelle sont mêlés des personnages réels ou fictifs. Dans *Peste & Choléra*, comme on l'a vu précédemment, l'intrigue a pour cadre une époque et des évènements historiques véridiques, l'auteur s'appuyant pour cela sur une importante documentation qui comprend les archives de l'Institut Pasteur et l'abondante correspondance de Yersin. De plus, étant lui-même explorateur, il « l'a suivi autour du monde » (p. 207), parcourant les villes qui ont marqué la vie du héros.

Enfin, puisque le roman présente la vie d'un personnage, il peut également être assimilé à une biographie. Cependant, dans le récit, les passages narratifs et les digressions se mêlent, de sorte qu'il ne s'agit pas à proprement parler d'une œuvre biographique. D'ailleurs, Patrick Deville ne cherche pas à décrire la vie de Yersin d'un point de vue purement objectif, mais à en faire le lieu d'une réflexion sur le sens de l'existence, opposant à l'Histoire et aux grands personnages historiques la vie d'un homme qui ne cherchait qu'à vivre « la vraie vie » (p. 110), une vie sans artifices, une « belle et harmonieuse composition » (p. 140).

UN STYLE ENCYCLOPÉDIQUE ET FRAGMENTAIRE

Outre le mélange des genres, le roman de Patrick Deville utilise différents codes littéraires qui n'ont de cesse de s'entrecouper. L'auteur use ainsi de nombreux procédés qui tendent à instaurer un effet de réel, tout en usant de codes littéraires plus poétiques. Entre aspirations scientifique et poétique, le texte contient alors toute la richesse et l'ambivalence d'une personnalité telle qu'Alexandre Yersin.

Une entreprise encyclopédique

D'une part, le roman est nourri de nombreuses références qui relèvent non seulement des écrits scientifiques de Yersin (« Au premier coup d'œil, je reconnais une véritable purée de microbes, tous semblables. Ce sont de petits bâtonnets trapus, à extrémités arrondies », p. 107), mais également de sa correspondance personnelle (« Il écrit à Roux : "La culture des fleurs me passionne de plus en plus. Je voudrais en couvrir le sommet de la montagne [...]" », p. 163). Aussi ces nombreuses citations tirées des divers écrits de Yersin confèrent-elles au texte une forme encyclopédique.

De fait, il semble que l'auteur est, tout comme son personnage, animé par une soif de connaissances qu'il abreuve par la recherche. En effet, pour réaliser cet ouvrage, Patrick Deville a compulsé les archives des Instituts Pasteur ; en introduisant des extraits de ces archives, il lève le voile sur son processus de création.

Outre ces citations relatives à Yersin lui-même, des citations en tout genre viennent encore renforcer cette dimension encyclopédique du texte qui, loin de se cantonner à un domaine restreint, étend largement son champ d'investigation.

Dès lors, l'auteur cite notamment *L'Avare* (1668) de Molière (auteur dramatique français, 1622-1673) : « La peste soit de l'avarice et des avaricieux. » (p. 110) Il évoque aussi la correspondance d'Arthur Rimbaud avec sa sœur Isabelle : « Pourquoi au collège n'apprend-on pas de la médecine le peu qu'il faudrait pour ne faire de pareilles bêtises ? » (p. 56) Deville nous livre également la parole d'hommes de science comme Émile Littré (philosophe et lexicographe français, 1801-1881) : « Pour désigner les animalcules, je donnerais la préférence à microbe, d'abord parce que, comme vous le dites, il est plus court, puis parce qu'il réserve microbie, substantif féminin, pour la désignation de l'état du microbe. » (p. 58-59)

Ainsi, en convoquant des fragments d'œuvres littéraires ou encore des documents scientifiques, l'auteur parvient à établir des liens entre les différentes connaissances humaines et, grâce à l'ensemble de ces allusions littéraires, scientifiques, philosophiques ou encore lexicographiques, il tend à réinscrire son personnage dans une forme de longue filiation : celle des grands hommes, des penseurs avertis. L'Histoire, scientifique ou non, est donc un maillage complexe qui lie les grands penseurs, parmi lesquels figure Yersin.

Une esthétique du fragment

Encyclopédique, le texte se fait aussi parfois fragmentaire. Cet aspect du texte est observable à deux niveaux : dans la structure du récit, mais également dans le style lui-même, volontiers lacunaire.

Par exemple, le roman comporte des extraits de lettres elliptiques, comme celui-ci : « Le cabinet de M. Pasteur est petit, carré, avec deux grandes fenêtres. » (p. 23) Outre la correspondance d'Alexandre Yersin, des fragments plus conséquents des documents compulsés par l'auteur sont également donnés à voir au sein même du roman :

> « Djask – dép. à 0 h 55. Vol à 1000 m.
> 1 h 50 – Pointe des Pirates ?, entrée du golfe Persique.
> 2 h – Petits villages sur rochers en bord de mer. Eau de la mer vert émeraude, tout contre rivage. Palmeraies. Barques. Rochers couleur grise.
> 3 h – Presqu'île désertique avec villages et palmeraies. Bateaux sur la mer [...].
> 6 h 30 – Arrivée à Bouchir, t = 27°. » (p. 63-64)

De fait, dans *Peste & Choléra*, le fragment est en définitive indissociable de l'encyclopédisme si caractéristique du roman : l'accumulation des documents et des connaissances dans différents domaines semble induire le recours aux fragments qui viennent briser la ligne du récit.

Dès lors, le roman de Patrick Deville s'élabore dans un style que l'auteur resitue volontiers dans la continuité de celui de Yersin ; un style dont il dit lui-même : « [c]'est de la poésie utile. C'est vite la barbe. Les invités sont hermétiques à cette littérature d'au-delà du romantisme. » (p. 78) Au scientifique, le romancier emprunte une écriture au caractère rebutant – pour certains ; une écriture qui oscille entre minimalisme et encyclopédisme.

Mais s'il recourt encore au fragment, c'est aussi que le but de Patrick Deville n'est pas d'être exhaustif : il livre ici sa vision personnelle et subjective de la biographie de Yersin, explore sa vie tout y ménageant des ellipses, des champs inexplorés où le lecteur est libre de se perdre, de mener sa propre investigation. Dès lors, de nombreux évènements sont passés sous silence, tandis que d'autres sont mis en avant : c'est le cas, par exemple, entre la découvre de Nha Trang et la mise au point du sérum antipesteux ; de nombreux éléments sont tus pour laisser place au Yersin explorateur et casanier (« Il ne bougera plus de la grande maison carrée jusqu'à sa mort, ça prendra le temps que ça prendra », p. 72).

En définitive, la « grande histoire de la peste » (p. 73) est livrée de manière fragmentaire dans le roman, entrecoupée de réflexions sur l'Histoire, la philosophie, la littérature, etc. Peut-être parce qu'en Yersin l'auteur voit moins un « homme de Plutarque [écrivain grec, vers 50-vers 125)] » qu'un élément rassembleur, un être autour duquel se constitue l'Histoire :

> « Yersin n'est pas un homme de Plutarque. Il n'a jamais voulu agir dans l'Histoire. À la différence des *Vies* que celui-ci met en parallèle, celles des traîtres et des héros, celle-là de Yersin n'offre aucun exemple à fuir ou à reproduire, aucune conduite à suivre : un homme essaie de mener son embarcation en solitaire et la mène plutôt bien. Derrière lui la mer efface son sillage. » (p. 205-206)

Le roman de Patrick Deville est difficile à classer. Le genre du roman, tout comme son style, est pluriel. Au sein de cette hétérogénéité apparente, nous pouvons toutefois appréhender la vie d'un homme de science. Nous découvrons alors que l'homme à qui nous devons la découverte du bacille de la peste est également un explorateur ; à travers la rencontre de ce personnage principal, l'auteur nous livre également une réflexion sur l'Histoire et sur le monde en général.

PISTES DE RÉFLEXION

QUELQUES QUESTIONS POUR APPROFONDIR SA RÉFLEXION...

- En quoi peut-on dire que les évènements historiques ont marqué la vie de Yersin ?
- Quels ont été les personnages qui ont le plus influencé le chercheur ? Pourquoi ?
- Pourquoi Arthur Rimbaud revient-il de façon récurrente dans le récit ?
- Comparez les deux mondes que Yersin a connus : l'Occident dit « civilisé » et l'Orient dit « sauvage ». Quels sont les éléments qui ressortent de cette comparaison ?
- Expliquez à travers des exemples précis en quoi consiste l'humanisme de Yersin.
- Quelle vision celui-ci a-t-il du progrès et des avancées scientifiques ?
- Quelles sont les ressemblances ou les différences mises en lumière dans le récit entre le monde qu'a connu Yersin et celui d'aujourd'hui ?
- Comment le récit est-il construit du point de vue de la chronologie ? Quel est selon vous l'objectif poursuivi par Deville ?
- Selon l'auteur, « Yersin façonne une petite planète en autarcie, une métonymie du monde, une arche du salut, un jardin d'Éden interdit aux virus, relégués en enfer » (p. 137). Justifiez.
- Pourquoi l'auteur use-t-il autant de citations et de références ? Quel effet cela a-t-il sur le lecteur ?

Votre avis nous intéresse !
Laissez un commentaire sur le site de votre librairie en ligne
et partagez vos coups de cœur sur les réseaux sociaux !

POUR ALLER PLUS LOIN

ÉDITION DE RÉFÉRENCE

- DEVILLE P., *Peste & Choléra*, Paris, Seuil, 2012.

Retrouvez notre offre complète sur lePetitLittéraire.fr

- des fiches de lectures
- des commentaires littéraires
- des questionnaires de lecture
- des résumés

ANOUILH
- Antigone

AUSTEN
- Orgueil et Préjugés

BALZAC
- Eugénie Grandet
- Le Père Goriot
- Illusions perdues

BARJAVEL
- La Nuit des temps

BEAUMARCHAIS
- Le Mariage de Figaro

BECKETT
- En attendant Godot

BRETON
- Nadja

CAMUS
- La Peste
- Les Justes
- L'Étranger

CARRÈRE
- Limonov

CÉLINE
- Voyage au bout de la nuit

CERVANTÈS
- Don Quichotte de la Manche

CHATEAUBRIAND
- Mémoires d'outre-tombe

CHODERLOS DE LACLOS
- Les Liaisons dangereuses

CHRÉTIEN DE TROYES
- Yvain ou le Chevalier au lion

CHRISTIE
- Dix Petits Nègres

CLAUDEL
- La Petite Fille de Monsieur Linh
- Le Rapport de Brodeck

COELHO
- L'Alchimiste

CONAN DOYLE
- Le Chien des Baskerville

DAI SIJIE
- Balzac et la Petite Tailleuse chinoise

DE GAULLE
- Mémoires de guerre III. Le Salut. 1944-1946

DE VIGAN
- No et moi

DICKER
- La Vérité sur l'affaire Harry Quebert

DIDEROT
- Supplément au Voyage de Bougainville

DUMAS
• Les Trois
  Mousquetaires

ÉNARD
• Parlez-leur
  de batailles,
  de rois et
  d'éléphants

FERRARI
• Le Sermon sur la
  chute de Rome

FLAUBERT
• Madame Bovary

FRANK
• Journal
  d'Anne Frank

FRED VARGAS
• Pars vite et
  reviens tard

GARY
• La Vie devant soi

GAUDÉ
• La Mort du
  roi Tsongor
• Le Soleil des
  Scorta

GAUTIER
• La Morte
  amoureuse
• Le Capitaine
  Fracasse

GAVALDA
• 35 kilos d'espoir

GIDE
• Les
  Faux-Monnayeurs

GIONO
• Le Grand
  Troupeau
• Le Hussard
  sur le toit

GIRAUDOUX
• La guerre de
  Troie
  n'aura pas lieu

GOLDING
• Sa Majesté des
  Mouches

GRIMBERT
• Un secret

HEMINGWAY
• Le Vieil Homme
  et la Mer

HESSEL
• Indignez-vous !

HOMÈRE
• L'Odyssée

HUGO
• Le Dernier Jour
  d'un condamné
• Les Misérables
• Notre-Dame
  de Paris

HUXLEY
• Le Meilleur
  des mondes

IONESCO
• Rhinocéros
• La Cantatrice
  chauve

JARY
• Ubu roi

JENNI
• L'Art français
  de la guerre

JOFFO
• Un sac de billes

KAFKA
• La Métamorphose

KEROUAC
• Sur la route

KESSEL
• Le Lion

LARSSON
• Millenium 1. Les
  hommes qui
  n'aimaient pas
  les femmes

LE CLÉZIO
• Mondo

LEVI
• Si c'est un
  homme

LEVY
• Et si c'était vrai…

MAALOUF
• Léon l'Africain

MALRAUX
• La Condition
  humaine

MARIVAUX
• La Double
  Inconstance
• Le Jeu de l'amour
  et du hasard

MARTINEZ
• Du domaine
  des murmures

MAUPASSANT
• Boule de suif
• Le Horla
• Une vie

MAURIAC
• Le Nœud
  de vipères

MAURIAC
• Le Sagouin

MÉRIMÉE
• Tamango
• Colomba

MERLE
• La mort est
  mon métier

MOLIÈRE
• Le Misanthrope
• L'Avare
• Le Bourgeois
  gentilhomme

MONTAIGNE
• Essais

MORPURGO
• Le Roi Arthur

MUSSET
• Lorenzaccio

MUSSO
• Que serais-je
  sans toi ?

NOTHOMB
• Stupeur et
  Tremblements

ORWELL
• La Ferme
  des animaux
• 1984

PAGNOL
• La Gloire de
  mon père

PANCOL
• Les Yeux jaunes
  des crocodiles

PASCAL
• Pensées

PENNAC
• Au bonheur
  des ogres

POE
• La Chute de la
  maison Usher

PROUST
• Du côté de
  chez Swann

QUENEAU
• Zazie dans
  le métro

QUIGNARD
• Tous les matins
  du monde

RABELAIS
• Gargantua

RACINE
• Andromaque
• Britannicus
• Phèdre

ROUSSEAU
• Confessions

ROSTAND
• Cyrano de
  Bergerac

ROWLING
• Harry Potter à
  l'école des sor-
  ciers

SAINT-EXUPÉRY
• Le Petit Prince
• Vol de nuit

SARTRE
• Huis clos
• La Nausée
• Les Mouches

SCHLINK
• Le Liseur

SCHMITT
• La Part de l'autre
• Oscar et la
  Dame rose

SEPULVEDA
• Le Vieux qui
  lisait des romans
  d'amour

SHAKESPEARE
• Roméo et Juliette

SIMENON
• Le Chien jaune

STEEMAN
• L'Assassin
  habite au 21

STEINBECK
• Des souris et
  des hommes

STENDHAL
• Le Rouge et
  le Noir

STEVENSON
• L'Île au trésor

SÜSKIND
• Le Parfum

TOLSTOÏ
• Anna Karénine

TOURNIER
• Vendredi ou
  la Vie sauvage

TOUSSAINT
• Fuir

UHLMAN
• L'Ami retrouvé

VERNE
• Le Tour
  du monde
  en 80 jours
• Vingt mille
  lieues sous
  les mers
• Voyage au
  centre de
  la terre

VIAN
• L'Écume des jours

VOLTAIRE
• Candide

WELLS
• La Guerre des
  mondes

YOURCENAR
• Mémoires
  d'Hadrien

ZOLA
• Au bonheur
  des dames
• L'Assommoir
• Germinal

ZWEIG
• Le Joueur
  d'échecs

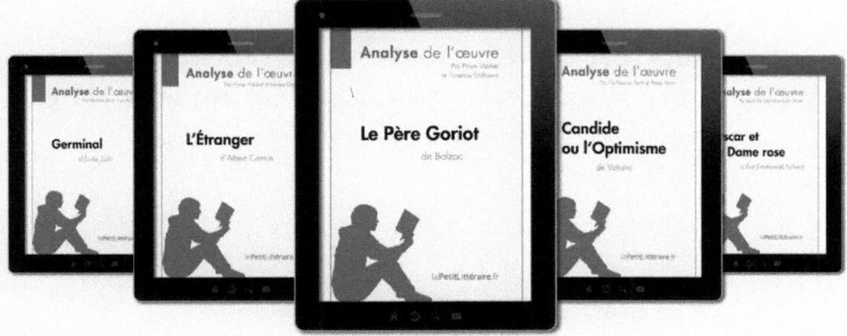

www.lepetitlitteraire.fr

ISBN version numérique : 978-2-8080-0316-2
ISBN version papier : 978-2-8080-0317-9
Dépôt légal : D/2017/12603/688

Avec la collaboration de Marie-Sophie Wauquez pour le chapitre « Un style encyclopédique et fragmentaire ».

Conception numérique : Primento,
le partenaire numérique des éditeurs.

Ce titre a été réalisé avec le soutien de la Fédération Wallonie-Bruxelles, Service général des Lettres et du Livre.